클래식 블루

클래식 블루

초판 발행일 2020년 7월 25일

지은이 **한은숙**
발행인 **김미희**
펴낸이 **몽트**

출판등록 2012.12.20 제 2014-0000-38호

주소 안산시 단원구 고잔로 23-12
전화 031-501-2322 팩스 031-501-2321
메일 memento33@menthebooks.com

값10,000원
ISBN 978-89-6989-060-3 03810

www.menthebooks.com

이 도서의 국립중앙도서관 출판예정도서목록(CIP)은 서지정보유통지원시스템 홈페이지(http://seoji.nl.go.kr)와 국가
자료종합목록 구축시스템(http://kolis-net.nl.go.kr)에서 이용하실 수 있습니다. (CIP제어번호 : CIP2020030888)

클
래
식

블
루

한은숙 시집

시인의 말

봄은 아침 햇살처럼 시작합니다

하늘엔
별과 달과 구름이 살고
땅에 펼쳐진
초록의 자연은
마법을 부리는 양탄자

그렇듯
소중한 인연들과 함께 아름다운 자연처럼
서정의 글을 쓰며
생을 다하는 그날까지 시 곁에 머무르고 싶습니다

2020년 초하에
한은숙

• 목차

PART Ⅱ_ 계절의 길목에서

PART Ⅲ_ 단 하나의 위안

PART Ⅳ_ 별이 빛나는 밤

PART I
별을 순산하다

꿈

내가 살아 있다는 건
숨 쉬고 있다는 것이 아니다
일상의 한 켠
나날이 빚어지는 꿈

불현듯 가난에서 걸어 나와
고운 숨결로 찾아오는
마르지 않는 낙숫물처럼
다시 한 움큼의 고인 물이 되는 것

강을 지나 바다에게도
나누어 주는

동면

실뿌리 움켜잡고
언 땅에 갇힌 물길 톡톡 건드리며
그대 부르는 소리에
귀 기울이고 있어요
꽃의 님프여
요술 피리를 불어주세요
그리운 것들은 늘 내 곁에 머무는데
나는,
차디찬 대지 속에 숨어
긴 이별을 준비하고 있어요

서쪽 하늘

서녘의 저쪽 하늘
긴 산등성 금 그으며 물들어 간다

읽을 수 없는 너머의 세상은
늦도록 건져 올린
기억들의 검붉은 꽃밭
푸르게 남겨진
정지된 시간

우화

책 속의 내용이 참 재미지다

네가 뭘 알아?
나를 향한 말인가

먼지를 툭툭 털고
이야기가 나온다

낡은 책장은 전설이다

별

어디서 까만 꽃씨 하나 떨어졌을까

새들 앉았다 날아간
나뭇가지 너머
문득,
그리움으로
아픈 세상 건너는 저녁답
한없이 바라보는 그대의 눈빛

오늘

어둠이 떨구고 간 흔적 위로
흰 새벽은
저편에서 건너오고
혈관으로 깨어나는 나의 하루가
술렁이며 일어선다

햇살 부셔 연연한 날
땅 위에 한량없는 낮달이 뜨면
부질없는 일상이
맨살을 비집고
자꾸 돋아나는 오늘

속마음

당신의 열정
어찌하오리까?

머뭇거리며
창가에 앉는

거울에 비친 그대는
환하게 웃고 있다

친구

계절의 길목에서 당신을 만났습니다
혈육이 아니라도 업이라면
우리의 인연을 보배라고 부르겠습니다

삶의 뒤안길에서
정든 고향이 그립듯이
옛정의 향수가 그립습니다

저 들녘에 만개한 향기가
싱그러운 미소로 반겨주는 문은
활짝 열렸습니다

찬란한 친구여!

인연

스치고 지나가면
아무런 의미가 없는데
당신과 나는 인연을 맺었습니다

우리,
강물처럼 함께 섞여
사는 힘 발끝으로 돋우며
애써 살아봅시다

인생 뭐 있나요

장미

어두운 산길에
한줄기 빛으로 환합니다

벽을 허물고
밤새 여린 별빛을 담아봅니다

오늘은 당신 생각에
차가운 달빛조차 따뜻합니다

그윽한
당신의 품에서 행복을 느낍니다

지난한 세월 속에
한 송이 꽃으로 피어납니다

조팝나무

영원히
간직하고 싶습니다

불빛 형상을 닮은
그녀의 마음에 매료되어

서성이는 그도
그 기억 속에 머물러

봄날 익어가는
향기에 취하나 봅니다

별을 순산하다

시월의 바람이
파스텔의 수를 놓는다

그녀를 잉태한 도시의 한복판
달빛은 별을 순산한다

그리움

망각의 물결 위에
이쯤에서 손놓고 떠나는
발자국들의 소문을 듣는다

빈 손,
그 허망의 순간들은
내 곁에 머물 수 없는지

황량한 모래펄의 바람 속
시간의 피리소리를 듣는다

새 한 마리

모두 다 떠나버린
앙상한 가지 끝에 매달려
하얀 깃털을 다듬는
새 한 마리

바람을 타고 나는 은빛 꿈
꼬리에 꼬리를 물고
세상을 여행한다

연꽃밭에서

계절이 지나가는 자리에
새롭게 피어난 꽃밭이 있습니다

꽃 하나의 우정과 꽃 하나의 추억
꽃 하나의 사랑과 꽃 하나의 그리움

정다운 이들
그 곁에 앉아 이야기꽃 피우면

숨소리 하나로 맞닿아 흐르는
生의 모호한 변주곡

PART Ⅱ
계절의 길목에서

사과

그리움 하나
계절의 길목에서
빨갛게 익어간다

현충원

당신들의 역사

대한독립 만세
이토록
되뇌이는 순간이다

백 년 인생
나의 반세기
창대를 높이 든 동상도
나를 반기고

거룩한 넋의 동산
역사의 순례길 따라가며
숙연해지는 마음이 애달프다

불청객

고추잠자리 날갯짓은
해바라기 열정에 그네를 타며
아지랑이 피어나는 수를 놓는다

열대야를 견뎌야 한다면
오늘 같은 날의 폭염은
밤 언저리에 걸어두고 싶다

계절의 순리

발밑으로 흐르는 시간을 밟고
여름이 지나간다
뚜벅뚜벅 내 생의
남은 시간을 먹고 있는 내 발자국
내일,
또
내일

계절은
기억 밖으로 날려 보낸
메모 한 장 같은 것

봄 이야기

햇살은 꽃망울을 휘감고
존재의 가치를 알립니다

봄은,
어디에서 서성거리고 있을까요

섬

바다가 그리운 날에는
꿈속에서도 바다 냄새가 난다
저만치 썰물 지던 물결이
들물로 달려와 나를 적시면
꿈속의 외길을 열어
물 겹겹 출렁이는 바다에
섬을 낳는다

애상

계절의 박동이
시간 속으로 들어갔다
자작한 숨결
미동의 몸짓으로
살 부비며 갈바람이 인다

그대가 바라보는 멀고 먼
미지의 길
가슴에 별 하나 푸르게 새겨진다

풍도

아침이슬 걷어낸
햇살이 입맞춤하면
보랏빛 향기가 유혹한다

뱃고동 소리와
바다 위를 날고 있는 갈매기
어디가 하늘이고 어디가 바다인지

파도는 밀물져 자꾸
내 발등을 밀어내는데

바람의 섬에 머무는
햇살의 부스럭거림이
하늘 위로 물무늬를 만든다

밴댕이 일화

인생의 조화도 어우러져야
살맛 나는 세상이 아니던가!

심해를 벗 삼아 놀 듯
비화의 자태를 뽐내고 있다

밴댕이 망둥어 상어도
수족관에서 놀고
오징어 꼴뚜기도 한철 아니던가!

미동의 몸부림도
인간의 식탐에
밴댕이 일화逸話의 서막을 내린다.

동행

나무처럼 살고 싶었던 때가 있었습니다 봄이면 새 순 틔우고 바람에 입맞춤하며 꽃잎 벙글다 무성히 잎 푸르게 저 혼자 커 가는, 그러다가 가을이면 한 생 단 풍처럼 곱게 늙어가고 싶었던 때가 있었습니다 예기 치 않은 생의 한 가운데서 그대를 만나고 골짜기 흘 러가는 물을 바라보듯 그대를 바라봅니다 하나이지 만 하나가 아니고 둘이지만 둘이 아닌 그대 곁에 서 서 먼 미지의 길 등불 밝혀 들고 나란히 걸어가는 우 리입니다.

삼강

행복은
어우렁더우렁
만들어 가는 것

사랑은 말이지
바라는 게 아니라
주는 것이라네

냇물이 모여
시냇물이 흐르듯
삼강에서 만났으니
바닷물로 아우르세

가을하늘

내 노래가
가을 높푸른 하늘에 희끗한
새털구름이어서
그대 눈길에 내리는
그대 생각이 머무는
맑은 손 끝에 어리는
옛 책의 향기일 수 있다면
내 노래가
아침 이슬 털고 나서는 산책길에
작은 꽃으로 피어나
그대 영혼 깨울 수 있다면
내 노래가

숲속의 길

빗물 차오르는 계곡을 건너 물가에 선다 오랫동안
제 멋대로 자라던 나무들이 가지치기 옮겨심기가 한
창이다 여름 숲 자욱한 안개비 속에 새로 이사 온 가
문비나무는 잘 자랄 수 있을까 머뭇거리며 다가서는
낯선 나무들 풀들 서로 섬기며 잘 살 수 있을까 그 풀
잎 따라 온 비에 젖은 바람도 새들도 비 냄새 같은 새
이름 얻을 수 있을까 서로 등을 기대고 선 숲의 들숨
안으로 내 얕은 뿌리의 흔적들이 언뜻 보인다

선운사에서

선운사 동백꽃은 늙어도 참 곱고도 고와 그 앞에
서면 그처럼 고운 사람 될까 선연한 동백꽃 빛깔에
세월도 비켜 갈까 봄향기 나르는 동박새 헤매일 때
늙은 동백꽃숲은 가만가만 요람을 흔들어 달래준다
선운사 동백숲은 늙어서도 언제나 푸르고 푸르러 가
고 오는 세월, 그 세월보다 더 오래 이 땅에 뿌리 내
려 오고 가는 사람들의 마음마다 꺼지지 않는 환한
등불 하나 밝혀준다

사랑시

한 발 내딛는 발밑의 돌멩이들에게도
미안한 마음 잊지 마라
사랑은 生이니까
우리의 생은 사랑이니까
이승에서 우리가 찾다가는 모든 것은 생이니까
온 마음을 다해
한 줄의 사랑시를 써야 하니까

바람소리

그대의 쓸쓸한 모습
순간마다
혼미해지는 기억
어디선가 본 듯한
푸른빛 줄무늬 행렬은
발길을 멈추게 하더라
넋 나간 듯
그대는 헤픈 웃음 날리며
뿌리마다 삶의 물음표 걸어두고
알몸의 이야기가 달빛이 된 밤
기억의 언덕길 오르며
밤은 이슥도록 깊어가고

PART Ⅲ
단 하나의 위안

그대에게

그대가 하늘이라면
조용히 바라만 볼게요

그대가 구름이라면
정처없이 떠도는 모습에 손을 흔들게요

그대가 바람이라면
그 바람 스쳐 지나가게 비켜 서 있을게요

그대가 나무라면
오롯이 그대 품에 꽃으로 피어날게요

그림자

밤과 낮은
엄연히 다른 세상이다

슬픔과 기쁨
교차하는 순간도 다른 세상

존재를 알리는 숨 가쁜 박동소리
점점이 다가오는 기다림

그늘의 마음이란다
존재의 본의本意란다

걸음마

비틀비틀 흔들며
엉거주춤 주저앉았다

온몸을 흔들며
첫 발을 떼었다

사랑을 받으며
걸음마를 시작했다

기특하다
그, 녀석

파밭에서

깊은 골짜기에
북을 돋우어
비스듬히 눕혀 심었다

비바람이 지나고
너는 창끝을 세워
푸르게 서 있었다

주위엔 산백일홍 꽃망울이
핏빛으로 터지고 있었다

결코, 질 수 없지

용서

뱃고동 소리
천리를 달려온다

숨찬 소리
기세가 왕성하다

거센 파도는
벅찬 가슴 부려놓는다

미워했던 사람,
부서지는 파도 따라
그 누구라 해도 용서해 본다

달빛

달빛 타고
날아온 당신
내 마음의 희망입니다

그윽한 향기로움에
눈을 감으니
당신 속에 나 있음을 느낍니다

클래식 블루

부드러운 바람이다
아니
뜨거운 바람이다

오늘은
교교하게 떠 있는
저 달을 품기에 좋은 밤이다

아버지

석양이 비치는 삶
날마다 이어질 줄
알았더니
다시 돌아올 수 없는
먼 길을 떠나셨습니다

마실 가시 듯
오늘은 돌아오실 줄 알았는데
다시는 안 오실 모양입니다

단 한 번의 생으로
홀가분하게 만족하셨나 봅니다

불꽃

땅거미 내려앉은 어둠의 모래사장
웃음소리 높아간다
밤하늘을 도화지 삼아
꽃불을 그리는 사람들

한없이 싣고 가는 즐거운 소리들이여
방황하는 목숨의 고통이여
나뭇가지 잎새 지듯 꽃잎이 지듯
나를 거두소서

飮福

일 년의 시간마다
당신을 향한 그리움을
한 잔 입에 털어 넣습니다

줄다리기

상기된 표정에는 결기가 가득하다
운동장 저 너머
동화 속 주인공이
와!
함성과 함께
우르르

오늘은 백군이 이겼다

만학도

불혹을 훌쩍 넘은 나이에
전쟁터에 나가듯
아침마다 결의를 다지고
캠퍼스를 걷습니다
딸보다 어린 동급생들
나는 항상 꼰대가 됩니다

너희는 좋겠다

천리포

결고운 모래사장에
발가락 도장을 찍는다
파도는
하얀 포말을 이루며
삼킬 듯 달려오고
해 지는 하늘 위로 커다란 새 날아간다

영일만 친구

바다가 고향인
어릴 적 내 친구는
후포항의 작은 방파제에 아침을 부려놓는다
밤새 잡은
오징어가 그의 꿈보다 먼저 서울로 갈 것이다

산딸기

외로움은 먼 발치로만
오는 줄 알았다
슬픔을 키워내는
의젓한 기다림이
꽃잎처럼 예쁘게 빛나는 날
길섶 가장자리에서
햇살을 기다린다

단 하나의 위안

이제 내가 단 한 가지
위안으로 삼을 수 있는 건
그대 살아 있다는 것
그것 하나
그대 얼마만큼이나 멀리 떠나도
결국엔
내가 살고 있는 이 땅위에
그대 살고 있다는 것
그 하나의 씁쓸한 위안
이별이라 할 수 없는
스스로의 고독한 위안

추억 여행

책보를 둘러맨
그녀들의
포즈가 근사하다

흘러간 시간들
중간을 툭 잘라내어
허리춤에 걸쳐 입는다

앨범에 담겨진 정물화
아직도 소녀에 머물고 있다

PART IV

별이 빛나는 밤

갈대에게

바람이 분다 갈대는 비우면서 살아간다는 것을 흔
들리며 알았다 비우는 것이 얼마나 큰 아픔인지 이리
저리 흔들린다고 속속들이 비워지지 않는다는 걸 이
미 알고 있다 뱁새의 수군거림에도 얼굴 붉히고 묵묵
히 늪만 바라보고 있는 갈대,
나는 여전히 비우지 못하고 있다

솜사탕

조각구름 사뿐히
짜릿한 달콤함
한바탕 들이대는
천둥소리
겨우 한 입 물고
소나기에 사라진다

내 짝사랑도
겨우 혀끝에 남은
짜릿한 달콤함

기도

태양은 늘 희망을 안고
오늘도 솟아오르고 있다

군복무 생활 동안
아들의 건강을
두 손 모아 빌어본다

삼복철 더위에
풋풋한 과일은 나날이
달디달게 익어가고
너도 달게 여물어서
늠름하게 돌아오겠지

탁류

지난 시간을 위장한다
삶이 늘
솔직할 수만은 없겠지

가을이 오면

청청한 하늘에서 고추잠자리 날고
오곡백과 무르익겠지
허수아비 밀짚모자 쓰면
참새 떼 날갯짓 분주하겠다

나무는
시원한 바람 진한 화장을 하고
그리운 날엔 너의 향기를 맡으며
화려한 드레스 입고 탱고춤을 추련다

눈부신 햇살

내 마음의 호수여
눈을 감아도 떠오르는
눈부신 얼굴
환한 햇살에
여물어 가는 포도송이
당신의 사랑이라오

새들의 합창

가까이 더 가까이
서리낀 창가에서 들리는 하모니
새들의 합창 소리는
이른 아침에
들려오는 정겨운 소리다

빗줄기의 속삭임

먼 곳에 있는
그리움도
들썩이는 흐느낌도
정적을 깨우며
빗줄기의 속삭임으로 다가온다

별이 빛나는 밤

모두 잠든 시간
라디오를 켠다

오늘같은 날에는
이제 그만이라는 말보다
밝은 웃음이 더 잘 어울릴 것 같다
사랑 없는 삶을 산다해도
우리들의 계절은 결국
봄
여름
가을
겨울

연못가에서

긴 꽃자루
노오란 봉오리
홀로 핀 왜개연꽃
물잠자리 외로울까
살포시 내려앉는다
창포도 나폴나폴
바람결에 하늘거리고
벗풀이 친구하자
하얀 미소로 반긴다

지란지교

어느 날엔 나를 위로해 줄 친구가 필요하고
어느 날엔 내가 사랑을 베풀 친구가 필요하다

어느 날엔 내가 투정할 친구가 필요하고
어느 날엔 내가 감싸줄 친구가 필요하다

아름다운 사람들,
난 그대들이 있어 행복하다

미치도록 사랑하자

한세상 이렇게
흘러가는 시간을
두려워하지 말자

뜨거워진 심장
멈춰지는 순간에도
사랑이 기억되는 날까지
미치도록 사랑하자

스파트 필름

촉대 세우더니
하얀 속살 내보이고
허 허 요놈 봐라
풀죽어 있더니
방긋방긋 웃고 있네

넘침을 보여준 넌
아마도
분명 이성일 게다

사랑의 동반자

어느날
길을 걷다가
하늘에서 떨어진 별을 만났다

초록별
노란별
파란별
평생을 가슴 속에 묻어 사랑했다

슬플 때
기쁠 때
외로울 때
늘 내 곁에 머물러
세상 풍파 지켜주는 당신

인생의 정거장

오늘이란 삶의 앞에
편집할 수 없는 분신
사랑한 채 융숭히 받들고 있다

오묘하게 패인 각진 여백
하늘의 뜻이라서
둥글게 둥글게
순응하며 살아가는 것이다

예고 없이 찾아오는 돌풍들
자연의 섭리처럼
젖은 눈물이 앞선다

비바람 맞아도
인생의 순명 앞에 함께할 당신 있어
행복한 순간

짝사랑

낯선 문장에
너를 추종하는 음모자
백야의 땅을 누비며
영토를 넓히는
위풍당당한 컴퓨터 자판
손끝에 피가 맺힐지라도
마음에 방아쇠를 당기며
시구를 찾아 하염없이 씨앗을 뿌린다

詩,
너를 위한 반란

작품 해설

섬세한 결로 그려낸 일상의 풍경

강미애(문학평론가)

문학은 언어를 통해 우리의 삶을 총체적으로 표현한다. 총체적으로 표현한다는 이 말은 문학이 삶의 어느 특정 분야가 아니라 그 전체를 표현 대상으로 한다는 뜻이다. 그러므로 문학은 비록 정도의 차이는 있다 해도 언제나 시간이란 관점에서 접근될 수 있는 문제를 표현하지 않을 수 없다. 삶이 시간과의 교섭인 이상 이것은 너무나 당연한 귀결이다.

그러나 문학이 표현하는 삶은 우리가 현실적으로 영위하는 일상적인 삶의 있는 그대로의 재현이 아니다. 일상적인 삶은 문학적 표현의 소재에 불과하다. 문학은 그 소재를 상상적으로 재구성해 새로운 허구적 삶의 양식을 만들어낸다. 그러므로 일상적인 삶과 문학에 의해 표현된 삶은 스스로 차이를 갖는다. 이러한 차이는 삶이 시간과의 교섭임에 비추어 일상적인 시간과 문학적인

시간도 구별되지 않을 수 없다는 논리를 이끌어
낸다.

시인 한은숙의 작품세계는 이러한 관점에서 경
험적 시간이 자연적 시간과는 매우 다르게 나타
난다. 그것은 계량 가능한 객관적 시간이 아니라
경험이 주체인 시인의 사적私的, 주관적 조건에
의해 크게 영향을 받은 시간이다. 문학적 시간은
주관적인 시간이며 자연적 시간과 대비되는 경험
적 시간의 하나이다. 경험적 시는, 문학적 시간이
경험적 시간을 문학의 질서 안으로 끌어들인다는
데 있다. 문학 그 자체가 인간 경험의 주관적 재구
성이라는 사실과 직결되기 때문이다.

서녘의 저쪽 하늘
긴 산등성 금 그으며 물들어 간다

읽을 수 없는 너머의 세상은
늦도록 건져 올린
기억들의 검붉은 꽃밭
푸르게 남겨진
정지된 시간
                              −서쪽 하늘

"서녘의 저쪽 하늘"은 현재의 시간이다. 시인은 이것을 "읽을 수 없는 너머의 세상"으로 바라본다. 그 세상은 이미 과거의 시간이며 돌아갈 수 없는 "기억들의 검붉은 꽃밭/ 푸르게 남겨진/ 정지된 시간"이다. 즉, 과거의 시간 "기억들의 검붉은 꽃밭"과 현재의 시간 "푸르게 남겨진 정지된 시간"은 불가분의 관계다. 이미 흘러가 버린 시간인 과거가 현재 속에 있는 것이다. 그것은 현재인 동시에 과거도 되고 미래도 되는 말하자면 과거·현재·미래가 일체화된 시인의 삼차원적 시간인 셈이다.

어둠이 떨구고 간 흔적 위로
흰 새벽은 저편에서 건너오고
혈관으로 깨어나는 나의 하루가
술렁이며 일어선다

햇살 부셔 연연한 날
땅 위에 한량없는 낮달이 뜨면
부질없는 일상이
맨살을 비집고
자꾸 돋아나는 오늘
　　　　　　　　　　-오늘

"어둠이 떨구고 간 흔적"은 지나간 과거의 시간이다. 시인은 현재의 시간 "혈관으로 깨어나는 나의 하루"와 만난다. "햇살 부셔 연연한 날/ 땅 위에 한량없는 낮달이 뜨면" "부질없는 일상이/ 맨살을 비집고/ 자꾸 돋아나는 오늘"이다. 또 다시 살아내야 하는 일상의 시간은 우리의 의식 여부를 묻지 않고 스스로 흘러가고 있는 것이다.

지난 시간을 위장한다
삶이 늘
솔직할 수만은 없겠지
                        -탁류

위의 시에서 "지난 시간을 위장한다"는 자연적 시간을 기준으로 하는 일상적 시간에 의하면 그저 흘러간 시간에 불과하다. 하지만 현재의 시점에서 지나온 시간은 내면의 자아와는 상관없이 행복했을 수도 혹은 불행했다고 느낄 수도 있는 시간이었을 것이다. '그래도 이만큼 잘 견디며 살아왔어' 하는 시인의 따뜻한 위로가 행간 사이에 담겨 있는 것이다.

시인은 현상 너머의 진실을 바라볼 줄 알아야 한다. 우리의 눈에 비치는 세상의 겉모습만이 진실은 아니기 때문이다. 시에서 진실은 결국 언어를 통해 드러나게 된다. 시는 우리 일상의 언어가 지닌 지시성이라고 하는 추상성을 걷어낼 때, 비로소 진실과 마주하게 해준다. 그래서 시에서의 비유는 이러한 지시성을 극복해내는 가장 중요한 방법이라 할 수 있다. 그런 의미에서 본다면 시란 우리 눈에 보이는 현상과 그 현상에 대한 감상을 글로 옮겨놓는 것이 아니다. 현실 모습 너머에 있는 숨겨진 진실을 찾아내는 일이다. 따라서 시 쓰기의 가장 중요한 덕목은 결국 눈에 보이는 현실에서 무엇을, 어떤 진실을 보아내느냐는 것이다.

그대의 쓸쓸한 모습
순간마다
혼미해지는 기억
어디선가 본 듯한
푸른빛 줄무늬 행렬은
발길을 멈추게 하더라
넋 나간 듯
그대는 헤픈 웃음 날리며
뿌리마다 삶의 물음표 걸어두고

알몸의 이야기가 달빛이 된 밤
기억의 언덕길 오르며
밤은 이슥도록 깊어가고
                    -바람소리

　시에서 진실이란 현실과 현실의 사물들이 그리
고 나아가 현실의 언어가 감추고 있는, 감춰져 있
기 때문에 보통의 사람들은 찾아내기 어려운 그
진실을 의미한다. 위의 시에서 시인은 바람소리
에 귀 기울이고 있다. 바람소리에 "그대의 쓸쓸
한 모습"이 떠오르자 "혼미해지는 기억" 속에 "아
련히 본 듯한" 이미지가 불현듯 떠올랐을 것이다.
"어디선가 본 듯한" 그것은 회상의 시간 속에 숨
겨진 기억의 조각들이 "푸른빛 줄무늬 행렬"로 이
어진다. 어쩌면 젊은 날의 나, 혹은 우리들의 이야
기일 수도 있겠다. 삶은 언제나 물음표의 연속이
다. 시인은 그 지난 했던 시간을 "알몸의 이야기가
된 달빛이 된 밤"으로 고백한다.

　우리가 자각하는 현실이나 현실의 언어는 세계
의 표면에 불과하다. 그 이면에는 진정한 의미를
가진 인간의 삶의 모습이라거나 삶이 지향해야

하는 본연의 모습이 숨어 있다는 전제에서 출발
한다. 그래서 시를 쓴다는 것은 그 허구의 현실 표
면 너머에 있는 새로움을 찾아가는 일이다. 따라
서 시의 출발점은 바로 우리가 살고 있는 삶의 현
실인 셈이다.

바람이 분다 갈대는 비우면서 살아간다는 것을 흔들리
며 알았다 비우는 것이 얼마나 큰 아픔인지 이리 저리 흔
들린다고 속속들이 비워지지 않는다는 걸 이미 알고 있다
뱁새의 수군거림에도 얼굴 붉히고 묵묵히 늪만 바라보고
있는 갈대, 나는 여전히 비우지 못하고 있다

-갈대

동일한 현실을 바라보더라도 시인에 따라서 거
기서 찾아내는 진실의 모습은 결코 같지 않다. 그
까닭은 철학적 관점에서 보면 우리가 무엇인가를
본다는 것은, 인식하고 활동하는 주체 즉 시인의
의식과 인식되는 대상과의 만남이다. 따라서 사
람들이 바라보는 것은 모두 동일하지 않다. 모두
각자의 의식과 대상이 만나는 일이기 때문에 보
는 대상도 그 의식에 의해 선택되고 의식이 대상
에 투영되기 때문에 모두가 세상을 동일하게 보

지는 않는다. 그러므로 우리가 시 속에서 시인의 세계관을 읽을 수 있는 것은 바로 대상과 만나는 시인의 의식이 시 속에 투영되어 있기 때문이라 할 수 있다.

시인은 바람이 부는 날에 갈대밭에 서 있다. 그곳에서 흔들리는 갈대를 바라보며 깨닫는다. "비우는 것이 얼마나 큰 아픔인지 이리저리 흔들린다고 속속들이 비워지지 않는다는 걸 이미 알고 있다" 문득 비워내지 못한 삶의 무게들, 그리고 애증의 시간들이 여전히 그의 내면 한구석에 웅크리고 있음을 고백하고 있는 것이다. 그로 인해 "뱁새의 수군거림에도 얼굴 붉히고 묵묵히 늪만 바라보고 있는 갈대/ 나는 여전히 비우지 못하고 있다"라는 표현에서는 통렬한 내적 성찰을 보여주고 있다.

발 밑으로 흐르는 시간을 밟고
여름이 지나간다
뚜벅뚜벅 내 생의
남은 시간을 먹고 있는 내 발자국
내일,

또
내일

계절은
기억 밖으로 날려 보낸
메모 한 장 같은 것
                    -계절의 순리

　시인은 우리가 살아내야 할 현재를 "밭 밑으로
흐르는 시간을 밟고" "뚜벅뚜벅 내 생의/ 남은 시
간을 먹고 있는 내 발자국"이라고 표현한다. "내
일/ 또/ 내일/ 계절은// 기억 밖으로 날려 보낸/메
모 한 장 같은 것"이라며 다짐하는 시간은 미래를
향한 진심 어린 독백인지도 모르겠다.

부드러운 바람이다
아니
뜨거운 바람이다

오늘은
교교하게 떠 있는
저 달을 품기에 좋은 밤이다
                    -클래식 블루

일상에서 우리 삶을 이루고 있는 다양한 소재들을 시인은 관찰하고 자신의 정서 속으로 불러들인다. "부드러운 바람이다/ 아니/ 뜨거운 바람이다" 시 속의 화자는 어느 봄 창가에 혼자 앉아 흘러드는 바람을 느끼며 "오늘은/ 교교하게 떠 있는/ 저 달을 품기에 좋은 밤"이라고 노래한다. 그 시간과 공간을 서정적인 풍경화로 그려내고 있는 것이다.

　시인 한은숙의 작품들은 서정시의 일반적인 특징을 고루 갖추고 있다. 일상적인 결을 보여주는 시, 사람들에게 감추어진 관심, 자연 등 다양한 레퍼토리를 보여준다. 이 다양성은 단지 소재의 차이만을 의미하는 것은 아니다. 사랑으로 바라보고 그리워하며 이들이 들어설 통로를 자신의 내부에 마련해 주고 있는 것이다. 무엇보다 중요하게 여겨지는 것은 대상을 바라보는 시인의 긍정적 시선이다. 밝고 따스한 감정이다. 자신이 경험한 것, 본 것, 들은 것들에 귀를 기울이고 대상을 향한 연민을 낮은 목소리로 속삭이듯 말한다. 시인의 이러한 어조는 소재가 되는 세계를 향해 언

제나 열려 있고, 그것과 더불어 생각하고 호흡하
며 존재한다. 앞으로 현상의 이면을 짚어내고 그
것을 나름대로의 해석으로 재구성하는 과정이 첨
가된다면 그의 시는 일상시의 또 다른 차원을 보
여줄 수 있을 것이다.